故事館

故事館

故事館

故事館

달콩이네 떡집

願望年糕屋 5

學會負責的愛心煎糕

作者 金梩里 김리리

繪者 金二浪 김이랑

譯者 賴毓棻

目錄

垃圾桶

第一章

不聽話的點點

奉求真的很喜歡點點，除了爸爸媽媽，他最喜歡的就是點點了，但是爸爸媽媽只要一看到點點，臉色就很不好看，因為自從牠到了這個家，連大小便都還學不會，就只會惹出一堆麻煩。

這件事要從幾天前開始講起。

幾天前，奉求纏著爸媽從動物收容所領養一隻狗。奉求的目光一直被獨自縮在角落的白色瑪爾濟斯吸引，牠和其他的狗很不一樣。

牠微微抬起頭來，看向奉求，彷彿就像在對他說：「拜託請你帶我回家！讓我們一起過著相親相愛的生活吧！」

奉求將牠取名為「點點」，他真的很想跟點點變得親近，可是點點一到奉求家就只會闖禍——牠將爸爸媽媽的鞋子咬爛，甚至還會隨地大小便。

「點點，從現在開始，這裡就是你的廁所了，你一定要在這裡大小便！」

奉求在陽臺鋪上墊子，但是不管他再怎麼訓練，點點就只會在莫名其妙的地方大小便，如果因此而罵牠，牠就會將大便咬來咬去，弄得更加髒亂。

「這傢伙怎麼專做一些讓人討厭的事情呢？」媽媽皺起眉頭，看著點點說。

點點惹的麻煩還不只這些，只要爸爸媽媽在客廳看電視，牠就會對著電視狂吠。就算外面傳來一點小小的聲音，牠也會叫個不停。晚上還會對著外面「啊嗚——啊嗚——啊嗚——」傷心的哀號。因為牠的緣故，全家人每天都難

以入眠。

你以為這就是全部了嗎？

每當點點叫得太大聲時，他們還會被鄰居投訴呢！

「這不是一、兩天的事了，如果點點不斷大聲吼叫該怎麼辦？一直造成鄰居的困擾，真是糟糕。再這樣下去，我們就沒辦法繼續住在

這裡了。」

爸爸媽媽看著點點嘆了一口氣。

每當點點闖禍時，奉求就會提心吊膽。因為他從動物收容所將點點帶回來時，曾和爸媽約法三章，如果點點適應不良，就要將牠送回去，但是奉求不想這麼做。

「點點，拜託你，不要再闖禍了，乖乖的待著吧！」

奉求投以急切的眼神對牠說，但是點點卻縮起身體不斷往後退。當奉求一伸出手，點點又叫得更兇了。

這一天，奉求放學後回到家裡，就不停的呼喚著點點。

「點點，哥哥回來了！」

但是點點卻躲在餐桌下面，連探頭也不肯，看起來牠正在認真的啃著東西。

「點點，你在那裡做什麼？」

奉求嚇了一跳，原來點點正在咬媽媽新買的拖鞋！

前幾天，就是因為牠把媽媽的拖鞋咬爛，媽媽才會再買一雙

新的回來，結果現在牠又闖禍了！不知道點點咬了多久，新拖鞋已經變得破爛不堪。

「點點，不行！你再這樣下去，又要被媽媽罵了。」

一發現奉求想要搶走拖鞋，點點就對牠發出低吼，並且咬了他的手。

「啊啊啊！」

幸好奉求動作快，手只有稍微破皮，但還

是流了一點血。奉求竟然大聲哭了起來，因為比起驚嚇和疼痛，他更難過的是：點點一點都不了解他的擔心。

「天哪！你的手流血了，是點點咬的嗎？」從超市回來的媽媽剛進到家門就嚇了一跳，大叫出聲。

「沒關係，只是破點皮而已。」

奉求趕緊將被點點咬到的手藏到身後。

「什麼沒關係？把手給我看看。」媽媽把奉求手上的傷口消毒後，塗上藥膏，惡狠狠的瞪著點點。點點一邊發出哀號聲，一邊往後退，迅速的逃回自己的窩裡。

「我再也忍不下去了，我要把點點送回動物收容所！」媽媽下定決心的說著。

「不行，點點是我的弟弟。」

「什麼弟弟？牠不但隨地大小便，每天晚

上還會亂叫亂吼，吵得全家人都睡不著，甚至還會咬家人……這樣要怎麼養下去？雖然點點很可憐，但是沒辦法，媽媽認為你比點點更重要。」

「那是因為點點對我們家還不熟悉才會這樣。我會好好訓練牠，讓牠不再到處闖禍。不要把點點送回動物收容所，媽媽，拜託您！」奉求替點點求情。

「好吧！那我就再等一個星期。如果一個星期之後，點點還是沒有改變，那就只能把牠送回動物收容所，知道嗎？」媽媽斬釘截鐵的說道。

「好！」奉求不得不點頭答應。

第二章

點點的心靈創傷

奉求為了點點，在網路上找了各種方法。聽說只要餵狗喜歡吃的食物就能跟牠變親近，於是奉求花光了一個星期的零用錢，拿去買寵物零食。但是點點每次卻只咬了零食就逃跑，大部分的時間都躲在自己的窩裡不肯出來。

奉求不知道還能用什麼方法跟點點親近，所以非常傷心。

一天、兩天、三天、四天……日子一天天

的過去，奉求的心情也變得越來越苦悶。他和媽媽約好的日子就快到了，可是點點依舊沒有改變。

不管是上學，還是去參加良純的派對，奉求心裡想到的就只有點點。

良純的生日派對真的很棒，她們一家人甚至還準備了舞蹈表演呢！當表演一結束，同學

們就歡樂的跳起舞來。但是奉求卻因為擔心著點點，無法愉快的加入他們，一想到點點可能會被送回動物收容所，他就開心不起來。

參加良純生日派對的同學之中，有一個人跳舞跳得很開心，那個人一邊跳著舞，一邊看著奉求，你猜那個人是誰？當然就是幫忙配送願望年糕，變成人類的蕭偉書啊！

自從他吃下「絕對站在你這一邊的切餅」之後，總是與孩子們站在同一陣線。

「最近奉求的臉色怎麼越來越糟糕呢？他一定有什麼煩惱！」蕭偉書看著奉求，眼神明亮的說。

那次之後，蕭偉書不管是上學還是放學回家，他都緊緊尾隨在奉求身後。而奉求因為擔心點點，根本就沒有發現蕭偉書在跟蹤他呢！

「只剩下三天的時間！三天之後，就要將點點送回動物收容所了，怎麼辦？」

這時，有一輛機車正朝著奉求呼嘯而來，但他只顧著擔心點點，沒有發現，反而往機車衝來的方向走去……

這時，蕭偉書卯足全力跑了過去。

「危險！」

蕭偉書使勁將奉求往旁邊一推，幸好機車從旁邊閃過去了！

「謝謝你！」奉求這才回過神來，有氣無力的道謝。

「只剩下兩天了，怎麼辦……」

第二天，當奉求經過工地附近時，木板突然從建築物的上方掉了下來！奉求只顧著擔心

點點，連木板掉下來都沒發現。

「危險！」

這次蕭偉書又用盡所有的力氣跑過去，將奉求向前一推。那一瞬間，木板發出「砰！」的一聲，掉落在奉求的後方。

「好可怕，這次又是你救了我，真的非常謝謝你！」

安全第一
施工中
危險

奉求精神恍惚的向蕭偉書道謝後，又繼續往前走。

「奉求到底有什麼煩惱，才會這麼心不在焉呢？」

蕭偉書跟在奉求身後，心裡七上八下，擔心著他會不會又發生什麼意外。

走路拖拖拉拉的奉求，在動物醫院前停下腳步，他沒有直接走進大門，而是在外面走來走去。

奉求在周圍徘徊好一陣子，最後，終於鼓起勇氣走了進去。

「小朋友，請問有什麼事呢？」獸醫叔叔親切的問。

「我有一個弟弟，我很喜歡牠，可是牠卻一直闖禍，讓我很擔心。」

「弟弟？」

獸醫叔叔一開始有點疑惑，後來像是明白了什麼，微微一笑的說：「這樣啊！那你可以再跟我多聊聊有關你弟弟的事嗎？牠現在幾歲？

是什麼品種呢？」

「我弟弟是一隻三歲大的瑪爾濟斯，牠的名字叫做點點，是我不久前從動物收容所領養的。不過牠會隨地大小便，總是會胡亂大叫，每天晚上都叫個不停。」

「可能是因為牠對你們家還很陌生才會這樣。只要你好好照顧牠，給牠多一

點溫暖，情況就會好轉了。」

「但是牠很討厭我。只要我一靠近，牠就會大叫，還想要咬我。」

「原來如此。那些曾經被人拋棄過的流浪狗，通常都很難對人敞開心胸，因為牠們的心裡都留有創傷。」獸醫叔叔說。

「心裡有創傷嗎？」奉求聽完獸醫叔叔的話，感到非常心痛，因為他從來沒有想過點點

診療室
動物醫院

的內心曾經受過傷害。

「治療心靈的創傷需要很長一段時間。你找個時間帶牠過來一趟吧！我來幫你看看牠還有沒有其他的問題。」獸醫叔叔說。

奉求低著頭，覺得很無力，他和點點能相處的時間已經不多了。

站在門外的蕭偉書聽到了這段對話。

「原來是因為這樣，奉求才會那麼無精打采啊！看來該為奉求和點點準備一些年糕了！」

蕭偉書連忙跑向年糕屋。

第三章

愛心煎糕的附身能力

清晨，天空只剩一輪殘月。

「啊嗚——啊嗚——啊嗚——」遠處傳來點點悲傷的叫聲。

「做年糕的時候到了！」蕭偉書將地板上的圓形拉環用力拉了起來。伴隨一聲巨響，地板上的門打開了，同時散發出一股濃郁、香甜又帶著一點苦澀的味道。

製作願望年糕

蕭偉書小心翼翼的爬下梯子，翻開了放在桌上的《製作願望年糕之終極祕笈》。

「請告訴我有什麼年糕可以幫助奉求和點點？」蕭偉書才剛說完，原本什麼都沒有的空白紙張上就開始浮現出一段文字。

學會負責的愛心附身煎糕

「學會負責的愛心附身煎糕？」蕭偉書的雙眼瞪得跟滿月一樣大。

「附身的意思，就是要讓別人的靈魂跑到自己身上……」蕭偉書有點擔心，不知道奉求會不會喜歡這個附身煎糕。在《製作願望年糕之終極祕笈》書上，接著又出現製作煎糕的材料與方法。

「先在鐵板抹上一層油，再塗上一層薄薄的蕎麥麵糊。接著放上蒸煮過的蘿蔔絲，最後再像做壽司那樣捲起來就行了。」蕭偉書在確認完最後要加入的祕方後，表情黯淡了下來。

「奉求真的肯為點點這麼做嗎？」

他在廚房裡找到了所有材料，小心翼翼的將蕎麥麵糊倒在鐵板上，接著用小火慢煎，免得弄破。然後，他將蘿蔔絲煮熟，完成煎糕的

製作願望年糕
之終極祕笈

內餡，再將內餡放在餅皮上。蕭偉書一邊想著奉求和點點，一邊賣力的捲著煎糕。

第二天，奉求放學後走在回家的路上，他因為擔心著點點而無法直接回家，只能在路上閒逛。

「明天就要將點點送回動物收容所了，該怎麼辦才好……」

一想到這件事，奉求的腳步就更加沉重了。

正當他經過巷道的轉角時，發現了一間他以前沒有看過的年糕屋。在年糕屋的招牌上，寫著大大的幾個字——「點點家的年糕屋」。

「咦？這跟我們家點點的名字一樣？真是什麼神奇的年糕屋都有呢！」奉求納悶的走進年糕屋。

點點家的年糕屋

可是年糕屋裡面什麼都沒有，就連陳列架的小籃子裡也是空無一物。

「怎麼會有這種年糕屋啊？根本什麼都沒有嘛！」

奉求實在太失望了，原本打算就這麼離開年糕屋。但不知從哪裡飄出了一股濃郁的麻油香氣，他仔細一看，發現放在角落的小籃子裡裝著東西。

學會負責的愛心附身煎糕

「什麼？學會負責的愛心附身煎糕？世界上哪有這種糕點啊？真是太離譜了！」

奉求原本想直接離開年糕屋，但他又想起獸醫叔叔提過的「心靈創傷」。

「對了，如果附身成為點點，這樣就能知道牠受過什麼痛苦了！」奉求很清楚附身是什麼意思，他曾在恐怖電影中看過主角被鬼附身的場景。雖然他有點害怕附身成為點點，但是為了點點，他決定要鼓起勇氣試一試。奉求確認一下煎糕的價格。

售價：為點點著想的心情吠叫三次

奉求想起點點每晚望著陽臺外面吠叫的樣子，只要看著牠的眼神，就會感受到一股莫名的悲傷及思念。

「啊嗚——啊嗚——啊嗚——」

奉求抱著為點點著想的心情，將頭往上抬，大聲吠叫了三聲。叫完之後，他不由自主的流下眼淚。

「真奇怪，我怎麼會突然流淚呢？」

奉求百思不解，他趕緊擦掉臉上的淚水。

這時，躲在地板下看著奉求的蕭偉書也跟著流下眼淚。

「真是奇怪，我怎麼也會突然跟著流淚了呢？」蕭偉書也趕緊擦掉淚水。

「現在我可以吃煎糕了吧？」

啊嗚啊嗚嗚嗚
嗚啊啊啊
學會負責的愛心附身煎糕
售價：為點點著想的心情吠叫三次

奉求從小籃子裡拿出煎糕，咬了一口，他一咬下煎糕，就有一股濃郁的麻油香氣在他鼻尖繚繞。

「點點，哥哥回來了！」

奉求一走進玄關，就呼喚著點點。要是在其他時候，點點就會衝到客廳兇猛的吠叫，但是今天家裡卻格外的安靜。

奉求擔心點點是不是已經被媽媽送到動物收容所，趕緊跑到點點的狗窩查看。

幸好點點仍在自己的狗窩裡香甜的熟睡，不知是否正做著美夢，牠的表情看起來非常平靜愉悅。

「點點，你夢到了什麼呢？」

奉求輕輕的摸著點點的背，當他一碰到點點的身體，眼前就出現了奇怪的畫面。

他看見一道閃光，當亮光消失的同時，他看見點點和一位小女孩待在一起的場景。那位女孩看起來跟奉求年紀相同，她將一隻襪子脫下來交給點點，點點咬著那隻襪子，開心的跑來跑去。

奉求再次看見了閃光，隨後又馬上消失。然後看到小女孩正在幫點點洗澡。不知點點是否因為心情很好，兩眼眨呀眨的，老老實實的待著。

當女孩一抱起點點，試著用吹風機將牠的毛髮吹乾，點點就開始亂扭了起來，似乎不怎麼喜歡。

「知道了，我馬上就幫你吹乾，等等再拿小點心給你吃！」點點這才安靜下來。

小女孩將牠的毛髮吹乾後，將西瓜切成小塊拿給點點，牠搖著尾巴，開心的吃了起來。

在那之後，亮光又消失了。

「原來點點喜歡有味道的襪子，還喜歡洗澡和吃冰涼的西瓜啊！」奉求點了點頭。

原本安穩睡著的點點表情突然改變，感覺像是做了惡夢，牠嚇得渾身發抖。

「點點，你還好嗎？」

奉求再次摸了摸點點的背，這次，當他一碰到點點的身體，周圍就突然暗了下來，接著開始看見其他畫面。

小女孩一家人正在打包著行李，不知是否要到遠方，小女孩坐在客廳裡哭泣，有一位看起來像是她爸爸的人，將點點帶上一輛白色轎車，接著開車奔向某個地方。

點點被綁在後座，看著窗外「啊嗚！啊嗚！啊嗚」的哀號，就像牠在晚上吠叫時，那麼悲傷。

原本正在奔馳的車子停了下來，男子狠心的把點點丟出窗外，牠發出「嗚嗚」的哽咽聲，點點就這樣被拋棄在馬路上。

白色轎車繼續向前開。點點追著車子跑，但無論牠跑得再努力，都追不上那輛車子，白色轎車在遙遠的地方漸漸消失。

點點朝著車子前進的方向走了又走，一輛接著一輛的汽車從牠的身旁咻咻的開過。雖然有好幾次都差點被車子撞到，但點點仍沒有停下牠的腳步。只要一看見白色車子，牠就拚命的追上去。沒多久，點點原本白色的腳被染成了紅色。

奉求哽咽的流下了眼淚，他感受到點點的哀痛。畫面又再度變暗，四周一片鬧哄哄，把點點嚇跑了。牠原本雪白的毛髮，在不知不覺間變得髒兮兮的。

接著又出現一群男孩追著點點跑的畫面。他們追趕著點點，還狠心的向牠丟石頭！

「你們不要這樣！」奉求嚇得大叫。

石頭從四面八方飛來，奉求感覺就像自己被石頭砸中般的疼痛，點點發出「嗚嗚」的悲鳴聲。

「不要……不要這樣，拜託你們不要再丟了！」奉求哭著大喊。

那群孩子像霧一般消失，奉求將臉埋在膝蓋上，放聲大哭了好一陣子。

不知何時從睡夢中醒來的點點仰頭看著奉求，發出了「嗚」的叫聲。

「點點，你這段時間過得很辛苦吧？我是絕對不會拋棄你的。我一定會保護你，不讓你受到任何人的欺負。」

點點看了好一陣子奉求哭泣的臉，不知是否真的聽懂了奉求的話，就像在回答他似的，舔了舔他的手。

奉求用手背擦乾眼淚，然後緊緊抱住點點。點點似乎也明白了奉求的心意，就這麼乖乖的待在奉求的懷抱中，待了很久很久。

媽媽很晚才回到家，當她看見點點被奉求乖乖抱在懷裡的場景，覺得很驚訝！

「這是怎麼回事？」

「媽媽，不能把點點送回動物收容所。我是絕對不會把牠送回去的。」奉求的眼眶含著淚說道。

「好，我知道了。不過我還是會繼續觀察，看看你和點點是不是能好好相處！」媽媽也認真的回答。

第四章

彼此和睦相處的花豆糕

夜晚，滿天繁星。

「今天要來製作什麼年糕呢？」

蕭偉書翻開祕笈，想起了在學校見到的奉求。雖然他的表情開朗不少，但還是沒有像以前那樣和朋友在一起打打鬧鬧，這就表示他的煩惱還沒有全部解決。

「請告訴我有什麼年糕可以幫助奉求和點點！」蕭偉書目不轉睛的盯著祕笈。

花豆
紅豆
黑豆

「嗯，這次奉求一定會很喜歡。」

祕笈書上出現了製作年糕的材料和方法。

「將蓬萊米粉和糯米粉過篩混合之後，加入滿滿的花豆，最後再放入蒸籠裡蒸熟就可以了。」

確認完最後祕方的蕭偉書笑了出來，這次的年糕看起來好像不難，於是他趕緊開始製作花豆糕。

他從裝著花豆的袋子中，挑選出圓滾滾、長得最漂亮的花豆來做年糕，希望奉求和點點也能像這些圓滾滾又漂亮的花豆一樣，可以甜甜蜜蜜的和睦相處。

奉求放學後，就立刻奔向了「點點家的年糕屋」。陳列架的小籃子裡，裝著一塊年糕，上面點綴著又圓又漂亮的花豆。

可以和點點和睦相處的花豆糕

「可以和點點和睦相處的花豆糕？」

奉求的眼睛睜得像花豆一樣，又圓又大，他趕緊確認價格。

售價：第一次見到點點時，熱切的目光

「這不困難嘛！」

奉求回憶起第一次看到點點的情景，想起那隻無法融入其他小狗們，獨自躲在角落孤零零的點點。

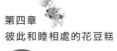

點點抬起頭來看著奉求，牠黑色的眼珠閃閃發亮，那個時候，奉求的心臟怦怦亂跳。

奉求懷抱著第一次見到點點時的心情，目光熱切的看著花豆糕，過沒多久，他的眼中冒

出了花豆形狀的白煙，咻一下，鑽進了花豆糕裡。當然，這幅景象只有躲在地板底下的蕭偉書才看得到。

「奉求熱切的目光就像花豆一樣，又圓又好看呢！」

蕭偉書用飽含著熱切的目光盯著奉求看，眼睛也冒出了花豆形狀的白煙。

奉求慢慢將花豆糕放入口中，花豆在他的

嘴裡滾來滾去。奉求一邊想著點點，一邊津津有味的吃著花豆糕。

「點點，哥哥回來了。」

奉求一回到家裡，點點就小心翼翼的靠了過來。牠動著鼻子聞了聞，緊緊盯著奉求的腳，奉求知道這是什麼意思。

「你真的沒關係嗎？我的腳臭可不是鬧著玩的！」

奉求似乎感到有些抱歉，將其中一隻襪子脫下，丟給點點，點點興奮的一口咬住襪子，牠嘴裡叼著臭襪子，又直盯著奉求。

「好，我知道了。你喜歡就給你吧！」

當奉求將另一隻襪子也脫下來丟給點點，牠立刻叼著兩隻襪子，雀躍亢奮的跑來跑去。點點開心的玩著奉求的襪子，直到臭味全都消散為止。

奉求還用溫水替點點洗澡。看到他將蓮蓬頭拿過來，點點似乎很開心的樣子，立刻乖乖的待著不動。

為了避免點點的耳朵進水，奉求溫柔又謹

慎的清洗著牠的毛髮。洗完澡之後，就用吹風機替牠將毛髮吹乾。

點點可能不太喜歡從吹風機裡吹出來的風，身體扭個不停。

「啊，對了！點點討厭吹風機。點點你再忍耐一下，結束之後我就請你吃好東西！」點點似乎聽懂奉求的話，這才停止了扭動。

一吹乾毛髮之後，點點就迅速的跑到冰箱前面。

「你還真會察言觀色呢！」奉求從冰箱裡取出西瓜，切成小塊後拿給點點。

「喀滋！喀滋！喀滋！」點點的嘴裡傳出了啃西瓜的聲音，吃得津津有味。

「看到點點開心吃著西瓜的模樣，我也跟著想吃了起來。」

奉求也跟著點點一起吃起西瓜，而他的嘴裡也發出了「喀滋！喀滋！喀滋！」美味的聲音。

夜晚，奉求一家人全都熟睡了，點點悄悄的走到正在睡覺的奉求身邊。牠找到奉求露在棉被外面的腳，然後聞個不停。

點點就這麼聞著奉求的腳好一陣子，接著窩在奉求旁邊舒服的睡著了。

「昨天晚上沒聽到點點亂叫呢！」

一大清早，蕭偉書睜開眼睛，笑容滿面的走向了位於地下室的廚房。

「希望以後奉求和點點可以一直好好的相處……」

蕭偉書一邊在心裡懇求，一邊大聲喊道：

「請告訴我可以幫助奉求和點點的最後一種年糕！」

蕭偉書瞪大了眼睛，屏住呼吸，集中精神的盯著祕笈。

和點點變成天生一對的糯米糕

「變成天生一對的糯米糕？這的確是奉求和點點需要的年糕呢！」

接著，書上又慢慢浮現了製作年糕的材料

及方法。

「將糯米粉用篩子均勻過篩後，加水揉捏成團，接著放入蒸籠裡蒸熟。最後再放入石臼，用木杵搗久一點就可以了！」蕭偉書點點頭，趕緊確認最後一項祕方。

「嗯，這次奉求一定也能順利完成。」

開始製作糯米糕。他將糯米放入蒸籠裡，蒸到冒出裊裊白煙，再將糯米糰放入石臼裡，用

木杵咚咚咚的搗了好一陣子，直到糯米糰變成又軟又有黏性的麻糬，搗到肩膀都痠痛了起來。

「這樣奉求和點點就能變成天生一對了吧？」蕭偉書看著糯米糕，滿足的笑了。

奉求放學後，就立刻奔向「點點家的年糕屋」。接著他看到陳列架的小籃子裡，裝著一塊散發出光滑潤澤的白色年糕。

和點點變成天生一對的糯米糕

奉求一看到年糕，就瞪大了雙眼。他趕緊確認年糕的價格。

售價：模仿點點開心時的叫聲五次

「點點開心時的叫聲？」

奉求試著回想點點什麼時候會感到開心。牠開心時就會搖著尾巴，發出「汪！汪！」這種短促又爽朗的叫聲。

「好，這次也來試一下吧！」

奉求專注想著點點幸福的表情，開心的「汪！汪！汪！汪！汪！」叫了五聲。他的嘴裡「砰砰砰砰砰」的冒出了又圓又可愛的藍色

和點點變成
天生一對的
糯米糕
售價：模仿點點開心時的叫聲五次

煙霧。當然，這也是只有躲在地板底下的蕭偉書才能看到的景象。

「看見這些藍煙，我也跟著幸福了起來呢！」

蕭偉書也跟著「汪！汪！汪！」的叫了起來，而他的嘴裡也「砰砰砰」的冒出了藍煙。

「我現在可以吃年糕了吧？」

奉求從籃子裡拿出糯米糕，放入口中。黏

黏糊糊的糯米糕就這樣黏在嘴裡，奉求咀嚼了好久好久，感受著糯米糕的香濃滋味。

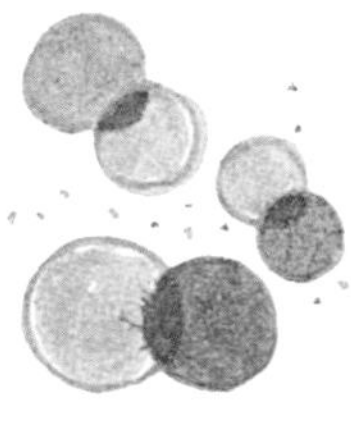

第五章

奉求和點點是天生一對

陽光明媚的週末下午，奉求帶著點點到公園散步。那裡擠滿了許多和父母一起出門玩的孩子。原本在公園裡奔跑的孩子們，一個接著一個聚集在奉求和點點周圍。

「點點，右腳！」

奉求一喊，點點就抬起了右腳。

「點點，左腳！」

奉求一喊，點點就抬起了左腳。

奉求一向右轉，點點也跟著向右轉；奉求一向左轉，點點也跟著向左邊轉。

「哇，這隻狗真的好聰明！」

「真是太厲害了！」

聚在周圍的孩子們不停的鼓掌叫好。

這次奉求將屁股向後方抬起，並大喊：

「點點，放屁！」

點點這時也抬頭看著奉求，豎起耳朵歪

著頭。然後好像明白似的，舉起前腳，慢慢將屁股往後面抬高，發出「噗！」的聲音。

「哇，會放屁的狗！」

「真是太神奇了。」

「你們真是天生一對呢！」孩子們放聲大笑。

「哈哈哈……嗚嘻嘻……」

其中有一個孩子笑得特別大聲。你問那個孩子是誰？還會有誰？當然就是蕭偉書呀！

蕭偉書一邊笑著，一邊觀察周遭孩子們的表情。這時他注意到一個女孩——跟他同班的如蔚。

她一臉羨慕的看著奉求與點點，大大的眼睛裡充滿著哀傷。

「如蔚一定有什麼煩惱！」

蕭偉書用擔心的眼神觀察著如蔚。

隔天，如蔚在上學的途中，經過巷道的轉角時，發現了一間她不曾看過的年糕屋。年糕屋的招牌上，斗大的寫著「圓圓家的年糕屋」幾個字。

圓圓家的年糕屋

親子思考時間

1. 為什麼蕭偉書要用三種年糕幫助奉求呢？

2. 奉求用附身的方法發現了點點的什麼事情？

3. 你有沒有一想到什麼事，心裡就會特別難過的經驗呢？

4. 你喜歡小狗嗎？如果可以養小狗，你會用什麼方法和牠成為朋友呢？

5. 你最喜歡故事中的哪一塊年糕呢？請說出你的想法。

如果你是主角的話……

1. 如果可以養寵物，你最想要養什麼寵物呢？為什麼？

2. 當朋友悲傷難過的時候，你會怎麼安慰他／她呢？

3. 在「點點的年糕屋」中，如果只出現第一種年糕，你覺得接下來會發生什麼事？

4. 如果領養回來的寵物不聽你的話，你會怎麼做呢？

1. 請畫出奉求和點點變成天生一對後，每天都快樂和睦相處的場景。

2. 請為奉求和點點設計第四種年糕，並將它的口味和功能寫下來！

故事館 002

願望年糕屋 5：學會負責的愛心煎糕

달콩이네 떡집

作　　者　金梩里 김리리
繪　　者　金二浪 김이랑
譯　　者　賴毓棻
語文審訂　林于靖（臺北市石牌國小教師）
責任編輯　陳鳳如
封面設計　劉昱均
內頁設計　陳姿廷

出版發行　采實文化事業股份有限公司
童書行銷　張惠屏・侯宜廷
業務發行　張世明・林踏欣・林坤蓉・王貞玉
國際版權　鄒欣穎・施維真
印務採購　曾玉霞・謝素琴
會計行政　許俽瑀・李韶婉・張婕莛
法律顧問　第一國際法律事務所　余淑杏律師
電子信箱　acme@acmebook.com.tw
采實官網　www.acmebook.com.tw
采實臉書　www.facebook.com/acmebook

ISBN　978-626-349-110-6
定　　價　320 元
初版一刷　2023 年 1 月
劃撥帳號　50148859
劃撥戶名　采實文化事業股份有限公司
104台北市中山區南京東路二段95號9樓
電話：(02)2511-9798　傳真：(02)2571-3298

國家圖書館出版品預行編目資料

願望年糕屋 . 5, 學會負責的愛心煎糕 / 金梩里 (김리리) 作 ; 金二浪 (김이랑) 繪 ; 賴毓棻譯 . -- 初版 . -- 臺北市 : 采實文化事業股份有限公司 , 2023.01
面 ;　公分 . -- (故事館 ; 002)
譯自 : 달콩이네 떡집
ISBN 978-626-349-110-6(平裝)
862.596　　111019300

線上讀者回函

立即掃描 QR Code 或輸入下方網址，連結采實文化線上讀者回函，未來會不定期寄送書訊、活動消息，並有機會免費參加抽獎活動。
https://bit.ly/37oKZEa

采實出版集團
ACME PUBLISHING GROUP

故事館

故事館

故事館

故事館